Erotische

Kurzgeschichten

Copyright: Hanna Larsson, 2015

Coverfoto: Hanna Larsson

Alle Rechte vorbehalten. Nachdruck oder eine andere Verwertung sind nur mit schriftlicher Genehmigung der Autorin gestattet.

Herstellung und Verlag:
BoD - Books on Demand, Norderstedt
ISBN: 978-3-7392-2053-6

Liebe Leserinnen und liebe Leser.

Diese Auswahl von erotischen Kurzgeschichten soll Euch den Start ins neue Jahr versüßen. Lasst Euch von mir in die Welt der sinnlichen Fantasien entführen und vielleicht gelingt es mir sogar einige Leser für das eine oder andere Abenteuer zu begeistern.

Ich wünsche Euch viel Spaß beim Lesen und eine gute Zeit.

Eure Hanna Larsson

Ein heißer Abend

An einem Wochenende im Mai war eine kleine Party mit Studienfreunden meines Mannes geplant. Schon lange hatten wir uns darauf gefreut, ich hatte alles vorbereitet. Es gab Schnittchen, Kuchen, Raclette, Obst und Sekt. Der Abend ging sich heiter an, wir spielten Aktivity und das Raclette heizte uns richtig ein. Es war ausgelassene Stimmung und der Sekt tat sein übriges bei mir, kurz gesagt, ich war etwas angescheckert. Mein Mann Stefan warf mir heimlich heiße Blicke zu und auch die Blicke der Gäste in meinen Ausschnitt entgingen mir nicht. Ich kann nicht sagen, dass ich es nicht genossen hätte.

Der Abend verstrich im nu, kein Wunder, denn wir lachten und scherzten, ab und zu tanzten wir auch eng umschlungen zu heißen Rhythmen. Mich überkam ein Gefühl der Lust, mein Schatz merkte es und fing an mich unter dem Tisch, an dem wir alle vom tanzen ausruhten, zu streicheln. Langsam schob er mein Kleid über meine Knie und fuhr mit seiner Hand an der Innenseite meiner Schenkel entlang. Ich merkte, wie meine Nackenhaare sich aufstellten. Es erregte mich zu wissen, dass die anderen nichts ahnten obwohl sie uns so nahe waren. Fast hätte ich aufgestöhnt aber ich konnte es gerade noch zu einem leisen Seufzen unterdrücken. Stefan sah mich verschmitzt an und ich spürte wie meine Wangen anfingen zu glühen. "Alles in Ordnung?" fragte Tim und sah mich besorgt an.

"Ja, alles okay, mir ist nur etwas heiß, wahrscheinlich vom Alkohol" gab ich schnell zur Antwort und bemühte mich einen neutralen Gesichtsausdruck zu vermitteln. Im gleichen Moment verspürte ich einen nackten Fuß auf meinem, der sich langsam seinen Weg nach oben bahnte. Ich schluckte und sog scharf die Luft ein. Als ich Stefan anblickte sah ich, dass seine Augen geschlossen waren. Auf einmal rutschte sein großer Zeh in meine klatschnasse Spalte. Mir stockte der Atem, mein Gott war das geil. "He Stefan, schläfst du" fragte Maximilian, "Was meinst du dazu?" "Ähm ja, ich habe wohl geträumt", murmelte Stefan sichtlich erregt. Ohne sich weiter am Gespräch zu beteiligen, fixierte er mich und sein Zeh fing an, meine Pussy zu massieren. Plötzlich gingen das Licht und die Musik aus. Aber die anderen zündeten schnell Kerzen an und die ausgelassene Runde ging weiter und die Stimmung wurde durch den Kerzenschein noch romantischer. Jetzt rutschte ich auf dem Stuhl nach vorn um Stefans Zeh noch tiefer zu spüren und knetete seine Männlichkeit mit meinen Füßen bis sein Schaft ganz hart war. Plötzlich und unvermittelt stand Tim auf, stellte sich hinter mich und begann meine Brüste zu streicheln. Meine Nippel waren sofort steif und ich fürchtete dass sie den zarten Stoff meiner Bluse durchstoßen würden. Stefan schaute etwas irritiert zu Tim, aber dann gab er sich ganz meinen streichelnden und knetenden Füßen hin und ich konnte die Lust in seinen Augen sehen. Maximilian rutschte unter den Tisch, spreizte meine Beine auseinander und begann meine Spalte mit seiner Zunge zu verwöhnen. "Oh ist das gut" stöhnte ich auf. So etwas hatte ich noch nie erlebt und wähnte mich im siebten Sexhimmel. Tim hatte inzwischen meine Bluse aufgeknöpft und während er an meinen Nippeln saugte, massierte er seine harte Erektion. Ich öffnete seine Hose und ein harter Schwanz sprang mir entgegen. Das war zu viel für meinen Stefan, er zog Tim weg und räumte mit einem wisch den Tisch ab und hob mich hinauf. Von dieser Reaktion war ich überrascht und stark beeindruckt, es machte mich unheimlich an. Stefan riss sich die Hose herunter und drang in mich ein.

Er nahm mich hart ran und die anderen sahen erregt zu. Unser Treiben machte sie so heiß, dass sie ihre harten Schwänze an meinen Brüsten rieben. Maximilian stöhnte auf und spritzte mir auf die Nippel, sein heißer Saft lief an mir herunter bis zum Bauchnabel. Dann drehte Stefan mich auf die Seite, legte sich hinter mich und trieb mir seine Härte in meinen Po. Er forderte Tim auf mich von vorne zu nehmen. Ich riss die Augen auf, Tim legte sich ganz nah an mich heran und drang in meine klatsch nasse Spalte während Stefan mich heftig von hinten stieß. Beide verwöhnten meine Öffnungen und ich verging fast vor Lust. Maximilians Schwanz war wieder zu voller Größe angeschwollen und er gesellte sich zu uns. "Steck ihn in meinen Mund, ich will dich lecken" forderte ich ihn auf. Maximilian ließ sich nicht lange bitten. Sein Samen schmeckte herb und ich wollte mehr davon. Langsam trieb ich auf einen Orgasmus zu, auch Stefan und Tim konnten sich nicht länger zurückhalten. Stefan spritzte als erster in meinen Arsch, dann kam auch Tim und spülte meine Spalte mit seinem heißen Saft aus. Wellen der Lust überrollten mich und ich saugte an Maximilians Schwanz als ob mein Leben davon abhinge.

Er spannte seine Muskeln an und schoss seinen Samen ab. Aus meinem Mund lief Sperma, tropfte auf meine Brüste und alles fühlte sich so wahnsinnig toll an. Ich verrieb den Saft an meinem Körper und genoss den Moment. Als wir uns etwas erholt hatten, halfen die Jungs mir auf, trugen mich zum Whirlpool und wuschen mich zärtlich. Sie bedeckten mich mit Küssen und Komplimenten. Mitten in dieser wunderbaren Stimmung kam mir der Gedanke was nun aus unserer Freundschaft werden würde. Konnte es noch wie früher sein, fragte ich mich.

Noch immer berauscht von Alkohol und Lust legten wir uns alle auf unser großes Bett und ich schlief ein. Als ich aufwachte waren Maximilian und Tim nicht mehr da. Stefan saß nachdenklich am Fenster und betrachtete mich. Als ich seinen fragenden Blick sah, wusste ich dass wir zu weit gegangen waren.

Freunde des Sommers

Als ich mein E-Mail Postfach öffnete sah ich dass mir ein Berufskollege eine Einladung zum Sommerfest geschickt hatte. Ich lehnte mich entspannt zurück und las folgende Zeilen:

„Liebe Freunde des Sommers,

hiermit möchte ich sie alle herzlich zu unserem Hofsommerfest auf unserem Gut Schöneck einladen, es wäre schön, wenn sie einen Kuchen oder Salat beisteuern würden. Ganz toll wäre es wenn sie noch gute Bekannte oder liebe Freunde mitbringen würden. Geplant sind wie auch im letzten Jahr ein erstes Kennenlernen der Frischlinge, Bauernkegeln und andere lustige Sachen. Auch in diesem Jahr würden wir uns über zahlreiche Camper freuen".

Das war ja mal eine Einladung der besonderen Art, auf jeden Fall klingt es interessant, dachte ich mir. Da ich im Moment gerade Solo war fragte ich meine beste Freundin Anett ob sie mich begleiten würde, allein fühlte ich mich unsicher. Als ich sie anrief und ihr von der Einladung erzählte, war sie gleich Feuer und Flamme und so konnte ich noch am selben Abend die Mail beantworten und meldete uns beide für das Fest an. Meiner Freundin ließ das ganze keine Ruhe und so rief sie mich am selben Abend noch an. „Ach weist du Anett, komm doch einfach herüber und wir schauen mal was wir für dieses Event auf dem Lande noch passendes anzuziehen abhaben". Wir mussten Lachen. Kurze Zeit später klingelte es und sie stand vor der Tür. „Ich habe uns was mitgebracht", verkündete sie und hielt mir eine Flasche Prosecco entgegen. „He, wie ich sehe bist du gut vorbereitet, sagte ich und lachte. „So Lisa, nun erzähl mir erst mal was das für Leute sind und überhaupt!" Ich fing an zu erzählen, dass es sich um einen Berufskollegen handelte, wir uns flüchtig kennen, weil er mir ab und an Futter für meine Rinder verkauft. Er ist Mitte 40, verheiratet und hat zwei Kinder. Das ist alles was ich dazu sagen kann. „Wir müssen ja auch nicht unbedingt dort hingehen", warf ich ein. „Ach Lisa, vielleicht wird es ja ganz gut und auf uns wartet ja niemand, also. „Du hast Recht Anett, wir machen das." Wir redeten noch die ganze Nacht, es war schön. Schon am nächsten Samstag sollte die Party steigen und so galt es, auf die Schnelle noch ein tolles Outfit zu finden. Ich fuhr in die kleine

Boutique unseres Ortes und da ich keine Shopping-Queen bin, störte es mich auch nicht dass, das Angebot überschaubar war. Bei mir ging shoppen immer schnell. Das Angebot war so übersichtlich, dass ich in fünf Minuten im ganzen Laden hätte Inventur machen können. Ich sagte der Verkäuferin „Ich nehme das bunte kurze Sommerkleid, die Schuhe und den Bolero und alles in der 38, bitte." Sie packte alles ein, ich bezahlte und ging. Zu Hause angekommen, stand Anett schon vor der Tür. „Ich muss dir unbedingt meine neuen Sachen zeigen". Sie war ganz aufgeregt. „Ja ich auch, " sagte ich. „Du gehst ins Bad und ich in das Wohnzimmer". In Windeseile hatten wir uns umgezogen. Ich öffnete die Badezimmertür und musste total lachen. Wir hatten haargenau das gleiche gekauft. Sie grinste mich an und meinte dass wir total gut aussehen. Am Abend bereiteten wir noch alles für die Party vor. Neben einem Zelt war noch an die Luftmatratze zu denken und Salate mussten auch noch vorbereitet werden. Anett steuerte noch eine Packung Kondome bei, man konnte ja schließlich nie wissen, meinte Sie mit einem Augenzwinkern. „Du böses Mädchen" sagte ich und zeigte was ich schon so in meiner Tasche verstaut hatte. Mückenspray, Lippenstift, Gleitgel und goldene Liebeskugeln. „Nein, das mit den Liebeskugeln war Spaß, ich wollte nur mal sehen wie du reagierst". Anett sah mich noch immer mit weit aufgerissenen Augen an und ich lachte.

Endlich war es soweit, Samstag 16.00 Uhr und alles war eingepackt. Das Auto lief schon, Salat, Zelt und was man sonst noch so braucht war verstaut. Ich freute mich auf ein schönes Wochenende, aber Anett kam und kam nicht. Was war schon wieder los? Ohne Trödelei ging es bei ihr wirklich nicht. Es dauerte 10 Minuten, 15 Minuten… aber von ihr keine Spur. Wütend setzte ich mich ins Auto und fuhr zu ihrer Wohnung. Vor dem Haus sah ich Anett in Unterwäsche auf und ab laufen. „Was machst du da, ich warte auf Dich und du machst hier eine Modenschau. Ich wusste gar nicht dass du für Victorias Sekret arbeitest". „Ich auch nicht" erwiderte Anett. „Aber deinem Nachbarn scheint es zu gefallen". „Wie kommst du darauf?" „Weil er sich ungeniert befummelt während er dich angafft, du solltest es ihm in Rechnung stellen." Anett war das megapeinlich. „Lisa, rede nicht so einen Quatsch, hilf mir lieber, ich habe den Schlüssel abgebrochen". „Oh nein, wir kommen noch zu spät". „Irgendwie müssen wir in meine Wohnung, ich kann doch wohl schlecht in diesem Aufzug zur Party!". „Du hast Recht, hast du irgendwo ein Fenster an gekippt?" Sie überlegte und sagte: „Ja das schmale auf dem Balkon, aber das ist zu eng." Ich schaue mir das mal an. Kein Problem: „Anett, zieh mal die Klamotten aus!" „WAAS?!" „Hab dich nicht so, wir wollen doch auf die Party!" Anett zog sich wiederwillig die Unterwäsche aus und sah mich fragend an. „Hier das Gleitgel…" „Du musst dich ganz und gar eincremen, dann kommst du auch durch den engen Spalt in deine Wohnung". Sie sah mich skeptisch an. Dann nahmen wir eine riesige Menge von dem glitschigen Zeug und verteilten es auf ihrem Körper, irgendwie war es skurril aber auch sexy. Alles fühlte sich so ungewohnt gut an. Ich muss sagen, sie ist eine scharfe Frau und es machte mich etwas nervös, sie so zu sehen. Der Nachbar keuchte schon. Im Augenwinkel sah ich, dass er seinen steifen Schwanz in seiner Faust quetschte, sich rhythmisch bewegte und kurz darauf abspritzte. Wie gerne hätte ich seinen Schwanz jetzt mit meinen Schenkeln massiert. Anett war jetzt glitschig wie ein Fisch. „Probier's mal!" sagte ich und schob sie durch den Spalt. „Hey es hat geklappt!" „Lisa, du bist ein Genie, komm kurz rein." „Wenn ich mir das Zeug abgeduscht habe können wir los". „Ich helfe dir beim einschäumen, dann geht es schneller", sagte ich. Ihr Anblick machte mich irgendwie willenlos und außerdem musste ich an den Nachbarn denken, wie er sich ergoss. Anett fühlte sich so zart an, ich wusch ihren Rücken, ihre langen braunen Haare, meine Hände waren überall. Sie hatte mich richtig scharf gemacht. Ob sie wohl auch so dachte wie ich? Es war irgendwie peinlich aber auch wahnsinnig geil. Auf einmal berührten sich unsere Lippen und Anetts Zunge fand den Weg in meinen Mund. Das war der innigste Moment, den ich je mit einer Frau hatte. Sie leckte und saugte an meiner Unterlippe, ihre Augen funkelten und meine Ritze war heiß wie ein Vulkan. Was war bloß los mit mir, ich war doch nicht lesbisch? Sie streichelte meine Brüste, es war der Wahnsinn, ich wollte dass sie mich liebt und mich berührt, egal was danach sein würde. Ja ich wollte Sex mit dieser Frau. Das Wasser plätscherte, ihre Finger suchten nach meinen geheimsten Stellen und ich genoss es an ihren Nippeln zu saugen. Wir brachten uns gegenseitig richtig hoch. Ich sank vor ihr auf die Knie um von ihrer Grotte zu kosten. Sie roch so gut nach Verlangen und ich leckte ihren Saft. Mein Schritt kribbelte wie Brausepulver. Meine Zunge glitt bis tief zwischen ihre Pobacken und sie genoss es leise stöhnend. „Lisa, nicht so schnell........ich will dich zuerst kommen sehen." Sie schob mich zur Seite und holte einen riesigen Vibrator aus dem Schrank. Ich bekam ein wenig Angst. Langsam schob sie mir das Teil in meine weit geöffnete Lustgrotte, das war ein geiles Gefühl. Dann schaltete sie das Wahnsinnsteil ein, meine Brustwarzen begannen sich aufzustellen und mein Bauch vibrierte. „Ich weiß das es dir nicht reicht um zu kommen, darum werde ich dich noch etwas verwöhnen." Sie begann mich mit ihrer Zunge wahnsinnig geil zu lecken, ich stöhnte. Die Wogen der Lust brachen über mich hinein und ein Orgasmus von nie dagewesener Intensität, überrollte mich. Ich zog den Dildo schmatzend aus meiner Pussy und schob ihn Anett zwischen ihre Schamlippen. Sie nahm ihn bereitwillig in ihrer klatschnassen Grotte auf. Und während ich sie so verwöhnte, setzte sie sich auf mein Gesicht damit ich ihre Spalte auslecken konnte. Was für ein Genuss. Der Dildo flutschte rein und raus und ich leckte sie zum Höhepunkt. Anett kam so heftig, dass ein Schwall ihres Liebessaftes in mein Gesicht spritzte. Als ich wieder zu mir kam, bemerkte ich dass wir nicht allein waren. Der junge, gutaussehende Nachbar war uns gefolgt. Er sah uns lüstern an und hatte schon wieder einen harten Schwanz. Ich zögerte nicht lange, zog ihn auf mich und führte mir sein Prachtstück ein. Er ließ sich nicht lange bitten und ritt mich. Auch Anett überkam die Geilheit wieder und sie zog ihn von mir runter. Sofort drang er von hinten in sie ein und knetete ihre Brüste während ich es mir selbst machte. Er fickte sie immer schneller und sie stöhnte, ich küsste sie stürmisch und streichelte seine Hoden, mit einem Lustschrei wie aus einer Kehle kamen die beiden zum Höhepunkt und er verschoss seinen heißen Samen in sie. Der Saft lief aus ihrer Spalte herab. Was für ein geiler Anblick.

Wir blieben einen Moment erschöpft und glücklich liegen und fuhren dann alle drei entspannt und mit einem verschmitzten Lächeln zur Party.

Schmetterlinge im Baumhaus

An einem langen Sommerabend und wenn ich Sommerabend sage, dann meine ich es war der unglaublich wärmste in diesem Jahr. Es war 21.00 Uhr und das Thermometer lag noch deutlich über der 30 Grad Marke. Selbst das Wasser im Pool war keine wirkliche Erfrischung mehr, alles klebte, es war einfach unerträglich. Aber etwas Gutes hatte dieses unglaubliche Hoch, das uns dieses Jahr beschert wurde, es gab jede Menge zu sehen. Aus dem Grund hielt ich mich auch auf der Terrasse auf. Die Nachbarn schienen nicht zu Hause zu sein, was deren Sohn wohl dazu animiert haben musste, eine Party zu geben. Auf meiner Terrasse hatte ich einen Logenplatz und mit einem Cocktail hatte ich es auch ganz nett hier. Laute rhythmische Musik waberte herüber, überall hörte ich Gelächter, es wurde getanzt und ein paar Jungs sprangen in den Pool. Ich ertappte mich dabei, wie ich eben diese anstarrte. Unwillkürlich musste ich schmunzeln, die waren gut und gerne 10 Jahre jünger aber unheimlich süß und außerdem sah mich ja niemand. Ja, auch eine 30 jährige schaut gern mal nach süßen Jungs. Von weitem hörte ich die Musik und driftete in eine Traumwelt ab. Zu gern wäre ich jetzt auch dabei; ach, was für ein alberner Gedanke, sie würden denken, dass seine Eltern mich als Babysitterin engagiert hätten. Also verwarf ich den Gedanken, nippte an meinem „ Sex on the Beach" und ließ mich treiben. Die Hitze war unerträglich und ich beschloss unter die Gartendusche zu gehen um mich etwas frisch zu machen. Langsam zog ich meine Sachen aus und drehte den Hahn auf. Das Wasser war so kalt, dass meine Nippel steif wurden. Dieses Gefühl zog sich bis in meine Lenden, ich schloss die Augen und genoss das Wasser wie es von meiner Haut abperlte. Die Musik drang tief in mein Unterbewusstsein, ich fühlte mich so leicht und unbeschwert. Meine Lust stieg an und meine Finger begannen wie von selbst meinen Körper zu erkunden. Alles machte mich gerade total an, die braungebrannten muskulösen Körper der Jungs, die Hitze, die Musik und der Alkohol taten ihr übriges. Alle Hemmungen fielen von mir ab, ich wollte einfach nur die Geilheit spüren. Meine Hände waren überall, streichelten mich, meine Beine, meine geschwollene Spalte, den Bauch, ich konnte einfach nicht genug bekommen. Auf einmal hörte ich die Gartentür quietschen und erschrak. Vor mir stand

Sven, der Nachbarsjunge, süße 20 Jahre und unglaublich sexy. „Oh Gott, wie lange stehst du schon da?" „Eine Weile, nicht allzu lange ich…, ich wollte fragen ob du rüber kommen willst, meine Eltern sind nicht da und wir feiern mein Abitur. Dachte du sitzt hier so einsam…." „Ähm, ja sehr gern" antwortete ich erfreut. „Ich muss mir nur was Passendes anziehen." „OK aber beeil dich!" „Mach ich!" rief ich ihm nach. Puh war ich froh als er weg war und ich hoffte, dass er nichts gesehen hat. Schnell lief ich ins Haus, denn ich freute mich auf die Party und die Stimmung nebenan schien gut zu sein. Was soll ich nur anziehen? Der Schrank war zum bersten voll, ich schmiss alles auf den Boden …. zu streng, zu blau…. zu altbacken,….. das ist es!!! Mein Sommerkleid aus Bali, ich hatte es mir im letzten Urlaub gekauft aber es nie getragen. Es war kurz, gerade bis über den Po, hatte einen süßen Ausschnitt, war aus leicht transparentem Chiffon und schwang bei jedem Schritt. Darin fühlte ich mich jung und sexy. Beim hinausgehen nahm ich noch eine Flasche Prosecco mit. Bei jedem Schritt wurde die Musik lauter und mein Herz auch. Ich war total aufgeregt, es war verrückt. Am Eingang wartete Sven schon auf mich und sagte: „Da bist du ja endlich, ich habe schon gewartet." „Ja sorry, wusste nicht was ich anziehen sollte." Er flüsterte mir ins Ohr „Ich hätte dich auch so genommen wie du warst." Mein Gesicht wurde ganz heiß. Tausend Schmetterlinge flogen in meinem Bauch. Sven legte einen Arm um mich und schob mich in den Garten. Dort saßen überall Jugendliche, alle schauten auf mich, einige pfiffen. Sven ließ sich davon nicht beeindrucken und sagte: „Darf ich vorstellen, das ist meine Nachbarin Sandra. Alle begrüßten mich freundlich, nur einige Mädels schauten mich argwöhnisch an. Aber ich sah nur noch ihn. So schlank, wunderschöne blaue Augen und sooo charmant, ganz anders als andere Jungs in seinem Alter. Ich hatte mich verliebt! Immer wieder sah er zu mir rüber, seine Augen funkelten und jedes Mal wenn er das tat zog sich mein Innerstes zusammen. Gott war er süß! Dann spielte der DJ mein Lieblingslied von Lilly Wood. Ich fing an zu wippen, dann kam Sven auf mich zu und fragte ob ich tanzen wollte. Ja und wie ich wollte! Die anderen machten uns Platz und wir bewegten uns im Rhythmus der Musik. Wow, was für ein Mann! Wir waren ganz

außer Atem und völlig in uns versunken. Als das Lied zu
Ende war, zog er mich zu sich und küsste mich. Seine
Hände streichelten meinen Po, der nur vom dünnen Stoff
meines Kleides bedeckt war. Er drückte mich ganz fest
an sich und ich spürte etwas Hartes an meinem Bauch.
Sven nahm meine Hand und sagte „Komm!" Meine Füße
liefen wie ferngesteuert, wir gingen über den Rasen,
überall duftete es nach Flieder. Dann nahm er mich auf
seinen Arm und trug mich in einen verwunschenen
Garten. Bis hier hin konnte man von der Straße nicht
blicken, es war wunderschön, ein kleiner Teich, Rosen,
unglaublich. Sven ging immer weiter und ich genoss
seine Nähe. Dann kamen wir an eine große alte Kastanie.
Er stellte mich auf die Füße und sagte: „Das hier ist mein
geheimer Rückzugsort, niemand weiß davon." Als ich
empor blickte entdeckte ich das Baumhaus. Wir
kletterten die steile Leiter hinauf und ich staunte wie groß
und geräumig es hier oben war. „Auf diesen Moment mit
dir habe ich schon so lange gewartet" raunte er mir zu.
Das überraschte mich total, meinte er wirklich mich?
„Sandra du bist die tollste Frau die ich kenne, du bist so
sexy und als ich vorhin ….." Hatte er mich etwa doch

länger beobachtet als ich dachte, das wäre mir wirklich peinlich. Sven sagte „ich habe die Party nur für dich gemacht, wie hätte ich dich sonst ansprechen sollen". Nahm mich in den Arm und küsste mich stürmisch. Er schmeckte nach Erdbeerbowle und Sommer. Sven zog mich auf sein Bett und wir schauten uns lange tief in die Augen. Dann nahm er meine Hand und führte sie über seinen Körper, ich ging auf Entdeckungsreise. Seine Haut war wie Samt und seine Haare wie Seide, oh mein Gott war ich verliebt. Sven strich mir die Haare aus meinem Gesicht und küsste sich an meinem Hals entlang, leise stöhnte ich auf. Seine Lippen glitten immer tiefer in meinen Ausschnitt und seine Hände wanderten unter meinen Rock. Als er spürte das ich keinen Slip trug, sah er mich überrascht an und dann lächelte er. Hastig zog ich ihm das T-Shirt aus, endlich konnte ich ihn ganz sehen. Dass der Abend noch so schön werden könnte, hätte ich nicht gedacht. Sven war unglaublich zärtlich, als wäre es für uns beide das erste Mal und das gefiel mir. Ganz behutsam schob er das Kleid über meine Schenkel und küsste sich immer höher in Richtung Bauch, was für ein Gefühl. Es war mir fast etwas peinlich aber wunderschön. Irgendwann war das Kleid verschwunden und Sven saugte genüsslich an meiner Brust. Meine Nippel standen spitz nach oben und seine Finger streichelten über die Innenseiten meiner Hände. Unsere Lust wurde immer größer. Ich zog ihm die Shorts aus und sah ihn in voller Schönheit. Sein Schaft war groß und prall er zuckte vor Verlangen. Ich konnte es nicht mehr aushalten und zog Sven an mich. Ich spürte wie er ganz zaghaft in mich eindrang, es war ein unglaublich inniges Gefühl. Langsam bewegte er sich in mir hin und her. Meine inneren Muskeln massierten ihn und meine Zunge spielte mit seiner. Wir waren so heiß aufeinander, dass Sven begann mich endlich fester zu nehmen. Bei jedem Stoß stöhnte er mir leise ins Ohr. Seine Hoden klatschten zwischen meine Backen, dieses Geräusch feuerte mich an und auch ich bewegte mich schneller. Dann bäumte er sich auf und ich spürte wie er sich heiß in mich ergoss. Er blieb in mir und rieb mich mit der Hand zum Höhepunkt, dabei liebkoste er meinen Hals und saugte an meinen Brüsten. Ich kam unglaublich heftig und er spritzte noch einen letzten heißen Schwall Samen in mich.

Glücklich lagen wir uns in den Armen und küssten uns. Er ist einfach unglaublich.

Als wir am nächsten Morgen erwachten hörten wir das Auto seiner Eltern, ich zog mich schnell an und sprang über den Zaun in mein altes Leben. Das war einfach verrückt!

Ein Geschenk für Tess

„Endlich Wochenende!" sagte ich zu Tom und blickte durch das bunt schimmernde Laub in die orangerote Abendsonne. Es war Anfang Oktober und die Sonnenstrahlen hatten immer noch genug Kraft um meine Haut zu wärmen. Man musste einfach einen Moment inne halten, um den herrlichen Augenblick zu genießen. Ich atmete tief ein, der Herbst hat ein ganz eigenes Aroma, es roch nach Erde, Pilzen, Gras und nach Sehnsucht. Mein Mann war gerade aus dem Büro gekommen und nun wollten wir dieses wunderschöne Herbstwetter und unser Kinderfreies Wochenende in vollen Zügen auskosten. Über uns flogen schon die Wildgänse in den Süden, ja der Herbst hatte etwas Magisches. Tom sagte: „Lass uns zur Jagd gehen, das Wetter ist optimal und außerdem haben wir das schon lange nicht mehr gemacht." „Hey, das ist eine tolle Idee, ich bin dabei!" Voller Vorfreude lief ich ins Haus und dachte wieder an das Paket, welches der Postbote heute gebracht hatte. Es war eine Sendung vom Erosversand, etwas Neckisches um Tom zu überraschen. Ich holte den Karton unter dem Bett hervor, dort hatte ich ihn vor neugierigen Blicken versteckt, öffnete den Deckel und schon lag sie vor mir, die tolle schwarze Spitzencorsage. Eiligst zog ich mich aus und zwang mich in das viel zu enge Teil, ich rang nach Luft ,meine Brüste sprangen fast heraus…,ich dachte wow sieht das heiß aus, Tom wird Augen machen. Heute wollte ich ihn richtig scharf machen und deshalb zog ich mir nichts weiter als meinen grünen Lodenmantel über. Im vorbei gehen nahm ich noch die Flasche Chardonnay mit, die auf dem alten Sekretär stand und lief zum Auto, Tom wartete schon ungeduldig. „Das hat ja eine halbe Ewigkeit gedauert." Ich lächelte geheimnisvoll und stieg in den Wagen. Innerlich war ich total gespannt was er wohl sagen würde wenn er mein Geheimnis heraus findet .Auf der Fahrt redeten wir so über dies und das und ich strich leicht über seinen Nacken ,Tom genoss meine Berührungen und ich fühlte das er eine Gänsehaut bekam. Mir wurde ganz heiß, schon lange hatten wir uns auf das Wochenende gefreut, die Zweisamkeit war in letzter Zeit etwas zu kurz gekommen und meine Lust auf Tom hatte sich angestaut, ich wollte dem Druck nicht länger standhalten. Meine Finger kraulten ihn zärtlich hinter dem Ohr und er grunzte wohlig. Ich liebe es Tom zu erregen. Durch mein

Fingerspiel, war ich so abgelenkt das ich jegliches Gefühl für die Zeit verlor. Plötzlich hielt der Wagen und Tom sagte: „Hasi, wir sind da." Wir schauten uns tief in die Augen und stiegen aus um zu unserer Kanzel zu gehen. Tom kannte sich hier bestens aus in seinem Revier und deshalb ging er voraus und ich hatte somit genügend Zeit um ihn ausgiebig zu betrachten. Er ist einfach so süß, groß, dunkelhaarig, er sieht kernig aus und sein Gang hat etwas Majestätisches. Was soll ich sagen, ich liebe ihn einfach! „Noch einhundert Meter und wir sind da." „Oh das ist gut, ich hab mich schon zum x-ten Mal an den Brombeeren gestochen." „Tess, ich werde deine Wunden gleich wegküssen." Sagte Tom und sah mich liebevoll an. Ein Schauer lief über meinen Rücken und mir stellten sich die Nackenhaare auf, bei dem Gedanken, wenn er wüsste wo überall mich die Brombeeren erwischt hatten. Endlich …die Kanzel, nur noch ein paar Stufen trennten uns von unserem Ziel. „Tess geh du vor, die Leiter ist etwas wackelig, ich bin direkt hinter dir und halte dich." Das ließ ich mir nicht zweimal sagen und stieg empor, ich fühlte wie seine heißen Blicke unter meinen Mantel wanderten. Nein es waren nicht nur seine Blicke, es waren seine schmalen Hände die meine Schenkel berührten. Seine Hände waren heiß, mein Schoß war es auch, ich fühlte wie ich feucht wurde. Er schob mich schnell hoch in die Kanzel. „Wow was ist das?!" entfuhr es mir. Tom hatte alles mit Fellen ausgelegt, überall waren Kissen und es roch nach Rosenwasser. Er kniete sich vor mich und sagte „Du bist das Beste was mir je passiert ist, ich werde immer für Dich da sein und Dich beschützen, egal was passiert. Ich liebe Dich so sehr, dass es schon weh tut." „Oh Tom !" Ich nahm seine Hand und streichelte sie. Nicht ich ihn, sondern er hatte mich überrascht. Ich war tief beeindruckt und mein Unterleib regte sich. „Du bist so ein zärtlicher und unglaublich toller Mann, ich bin für immer dein!" Dann nahm ich sein Gesicht in beide Hände und küsste ihn zärtlich, seine Zunge suchte wild entschlossen nach meiner und Tom drängte mich in die Kissen. Seine Hände glitten meine schlanken Schenkel hinauf ohne den Kuss zu unterbrechen, mir wurde heiß. Meine Scham war geschwollen und pochte unter der eng anliegenden String-Corsage. Langsam knöpfte Tom meinen Mantel auf und sah mich mit lüsternen Blicken an. Er drängte sich ganz nah an mich und ich spürte seine harte Lust an meinem Bauch, alles in mir schrie nach ihm. Tom unterbrach die Stille und sagte geheimnisvoll: „Ich habe noch ein Geschenk für dich Tess." Und gab mir eine kleine Schachtel mit einer roten Schleife. „Möchtest Du das Geschenk mit mir ausprobieren?" „Jaaa!" hauchte ich ganz aufgeregt. Tom löste seine Krawatte. „Darf ich Dir die Augen verbinden?" Ich nickte. Er verband mir die Augen und meine Anspannung stieg ins unermessliche. „Tess spreiz die Beine!" Ich folgte seiner Stimme und ließ mich auf der Woge der Lust und Neugierde treiben. Tom nahm meine Knöchel in die Hand und spreizte meine Beine weit auseinander, bevor er sie mit einem Seil fixierte. Ein Spannungsschmerz zog durch meine Spalte. Toms Atem wurde schneller. Dann nahm er meine Hände und band sie mir über dem Kopf zusammen. Jetzt war ich ihm völlig ausgeliefert, was hatte er vor? „Jetzt kommt Dein Geschenk!" sagte er bedeutungsvoll. Mein Körper spürte mit jeder Faser nach Hinweisen, es war stockdunkel und ich war gefesselt in einer Kanzel und womöglich hätte jeden Moment ein anderer Jäger oder Spaziergänger unser lauschiges

Versteck entdecken können. Es machte mir Angst aber es erregte mich auch .Und es war Tom der mit mir hier war. Langsam begann er meinen Hals zu küssen, ich erschauerte, meine Spalte war klitschnass und ich stöhnte leise in sein Ohr. Seine Hände glitten über meine Brüste und seine Finger spielten mit meinen rosa Nippeln. Am liebsten hätte ich mir zwischen die Schenkel gegriffen aber ich war gefesselt. Dann hörte ich wie er das Kästchen öffnete. „Bist Du bereit!" „Ja mehr als das …" hauchte ich und Tom strich mit etwas hartem über meinen Bauch, das fühlte sich sehr gut an. In meinem Kopf überschlugen sich die Bilder aber das Geschenk war und blieb geheim. Dann leckte er über meinen glatten Venushügel bis in meine feuchte Spalte. Tom stöhnte etwas Unverständliches. Meine Erregung und meine Neugierde wurden immer größer, ich stöhnte: …das Geschenk… Tom sagte: „Tess bleib ganz locker und vertrau mir es wird Dir gefallen." Dann schob er mir ein dickes Kissen unter den Po, leckte meine Lustperle und schob mir etwas Eiskaltes, Breites und sehr Hartes in meine Vulva. Wollüstig nahm ich es in mich auf, meine Spalte war bis zum bersten gedehnt, ich spürte eine noppige, unebene Oberfläche. Meine Lustspalte sog es gierig in sich auf und Tom bewegte den Lustbereiter langsam vor und zurück, ich war so nass, das es bei jedem Stoß ein schmatzendes Geräusch machte. Es machte mich wahnsinnig und Tom stöhnte wie in Trance. „Tess, gefällt es Dir? Ich habe es für Dich aus einem Geweih anfertigen lassen." „Oh jaaa" stöhnte ich. „Lass mich Deine flinke Zunge spüren." Er ließ sich nicht bitten und spielte mit der Zunge auf meiner Klit und mit dem Horn in meiner Grotte, bis ich fast explodierte. Dann unterbrach er kurz sein Spiel nur um mir kurz darauf seinen kräftigen und pochenden Schwanz in den Mund zu schieben. Sofort fing ich an lustvoll an seiner Eichel zu saugen, ich schmeckte einen ersten Tropfen seiner Gier und spürte dass sein Schaft noch immer wuchs. Dann fing er an sein Becken zu bewegen, seine Stöße wurden immer intensiver und dann spritzte er mit einem kehligen Laut seine volle Ladung in meinen Mund ab. Sein heißer Samen lief aus meinen Lippen, ich schluckte. Zu gern hätte ich ihn jetzt noch zwischen meinen Schenkeln gehabt und mit meinen innersten Muskeln massiert. Sein Schwanz zuckte noch immer in meinem

Mund. Tom stöhnte leise gegen meine Spalte, schob mir einen Finger in den Po und massierte meine Lustspalte mit dem Horn, bis ich mich aufbäumte und unaufhaltsam kam. Mein Lustsaft spritzte aus meiner Spalte in sein Gesicht und mein ganzer Körper zuckte.

Glücklich kuschelte ich mich ins Fell und Tom löste die Fesseln. Das müssen wir unbedingt nochmal wiederholen und das Geschenk solltest du patentieren lassen, sagte ich und küsste Tom.

Der Fremde

Tina, eine zierliche rothaarige Frau, so um die dreißig mit wunderschönen Beinen, knackigem Po und grasgrünen Augen, kam nach einer langen Geschäftsreise aus den Staaten zurück. Endlich konnte sie in ihrem Cottage in Schottland ausspannen. Wie sehr hatte sie den Anblick ihres wundervollen Parks mit den unzähligen duftenden Rosen und die lauen Abende am See vermisst. Nun endlich war es soweit. Das Taxi hielt vor der Tür des Cottages, sie gab dem Fahrer verträumt das Geld und lief so schnell sie konnte ins Haus. Sofort warf sie ihre High Heels in die Ecke, Tina liebte es den nackten Holzboden unter ihren Füßen zu spüren. Schon in der Diele fing sie an sich von den lästigen Klamotten zu befreien. Überall lagen ihre Sachen herum. Sie wollte ins Badezimmer um sich Wasser in die Badewanne einzulassen. Doch was war das? Sie erschrak. In der Dusche war jemand. Tina stockte der Atem, es war scheinbar ein Einbrecher, was sollte sie nur tun? Der Fremde hatte sie nicht bemerkt und durch den halbtransparenten Vorhang konnte sie sehen, dass er die Dusche wahrhaft genoss. Es war ein stattlicher Mann mit breiten Schultern, einem knackigen runden Po und einer Erektion! Sie erschrak aber gleichzeitig gefiel ihr der Anblick. Es erregte sie und sie sog den Duft ein, der sich im gesamten Badezimmer verteilt hatte. Tina schloss kurz die Augen und spürte, wie ihre Brüste anfingen zu spannen und ein immer stärker werdendes kribbeln in ihrem Dreieck, ihre Lust verriet. Als sie ein leises Stöhnen hörte, riss sie ihre wunderschönen grünen Augen auf und starrte auf den Vorhang. Der Mann hatte sie offenbar noch immer nicht bemerkt und rieb sich lustvoll mit Öl ein. Sie sah wie seine Brustwarzen hervorstanden und das war nicht alles. Etwas tiefer strich er kraftvoll über sein Glied, das machte Tina unglaublich an. Sie konnte nicht anders als an ihren Nippeln zu spielen, die waren schon zum bersten gespannt und leuchteten vor Begierde. Tina war wie in Trance, wie von fremden Kräften gesteuert ging sie auf den Fremden zu, ganz ohne Angst. Tina spürte nur noch Lust und die musste endlich befriedigt werden. Ruckartig zog sie den Vorhang zurück und der Anblick brachte sie fast um. Er sah besser aus als sie es erahnt hatte, braungebrannt, total rasiert und so männlich. Sein Körper glänzte im Sonnenlicht. Tina konnte nicht anders, sie musste ihn berühren. Langsam strich sie über seine Brust, es fühlte sich so gut an. Erschrocken sah er sie an. Er war sehr überrascht über ihren Besuch in der Dusche, fand aber Gefallen an ihrem schönen Körper und an ihren Berührungen. Er streckte seine Hände aus und gab somit den Blick auf seinen strammen Schaft frei, welcher durch ihre Berührungen lustvoll zuckte. Er nahm ihre Hände und zog sie sanft hinter ihren Rücken um sie dann mit einem Handtuch zu fesseln. Alles geschah ohne ein Wort. Dann drehte er sie zur Wand, nahm einen kräftigen Spritzer Öl in seine Hände um es dann in ihre Backen zu massieren, er machte sie geschmeidig und drang dann mit einem kräftigen Stoß in sie ein. Ihr Innerstes war heiß wie Feuer und sie war klatschnass. Seine Finger streichelten über ihren Bauch und mit der Zunge glitt er ihren Hals entlang und zeichnete die Wirbelsäule nach, sie bekam eine Gänsehaut. Dann zog er sich aus ihr zurück. Tina konnte es kaum aushalten, doch dann kniete er sich hinter sie auf den Boden. Seine Hände streichelten ihren Po und drängten immer tiefer, er erkundete Tinas feuchte Grotten und drang dann langsam von hinten in sie ein. Sie schrie vor Lust. Tina war so eng und jungfräulich dass er fast beim ersten Stoß gekommen wäre. „Wie ist dein Name fragte er"? „Tina." „Ich bin Magnus". „Magnus, stoß mich". „Ja Tina, ich will deinen strammen Arsch ficken". „Magnus hör nicht auf "sagte sie. Tina begann ihre Spalte zu massieren und spannte alle Muskeln um seinen Schwanz an. Gleichzeitig stöhnten sie auf, eine Welle der Erlösung schlug über ihnen zusammen. Sie küssten sich. Er löste ihre Fesseln und sagte „Ich bin Magnus Svensson, der neue Gärtner".

Ungestillte Leidenschaft

Claire konnte diese Begegnung mit dem Fremden nicht vergessen und das Stück Stoff von seinem Killt bewahrte sie noch immer wie einen Schatz in einer Schublade ihres Nachtschrankes auf. Das ganze lag nun schon drei Monate zurück und es gab keinen einzigen Tag an dem sie nicht an den geheimnisvollen Fremden dachte. Ihr Mann war nur einige Tage zu Hause gewesen, nur um die Wäsche zu wechseln und dann wieder mit einem seiner Freunde auf Safari zu gehen. Aber all das nahm Claire nur noch am Rande wahr. Fast täglich war sie zum Loch Ariness gegangen, in der Hoffnung auf ein Wiedersehen.

Eines Tages, sie hatte schon die Hoffnung aufgegeben ihren Liebhaber wiederzusehen, fuhr sie mit dem Rad nach Etteridge um auf dem Markt Gemüse, Obst und noch einige andere Dinge für sich zu besorgen. Da sah sie in einem Schaufenster ein wunderschönes rotes Kleid. Sie ging in den Laden, eigentlich war es eine kleine Boutique mit außergewöhnlichen Sachen zu außergewöhnlichen Preisen. Claire konnte einfach nicht den Blick von dem Kleid lassen und probierte es an. Es war ein langes Kleid aus weich fließender Seide, es hatte einen tiefen Rückenausschnitt und ein atemberaubendes

Dekolleté. Ein junger, verdammt gutaussehender Mann kam auf sie zu und sagte, „dieses Kleid ist wie für Sie gemacht. Es betont ihre Weiblichkeit unvergleichlich." Claire kam die Stimme so vertraut vor, ja sie glaubte sie zu kennen. Konnte es denn wirklich wahr sein? Sie merkte wie die Hitze in ihr Gesicht strömte. Er musste es sein, es gab keinen Zweifel. Diese Stimme kannte sie unter hunderten heraus. „Ja, sie haben Recht, dieses Kleid ist wirklich wunderschön aber es hat einen stolzen Preis, ich werde noch einmal darüber schlafen."

Claire war froh dass sie endlich den Laden verlassen konnte um sich erst einmal von diesem Schock zu erholen. Das gibt es doch nicht. Endlich hatte sie ihn gefunden und dann war sie viel zu feige gewesen ihm ihre Sehnsucht zu gestehen. Die ganze Nacht machte sie kein Auge zu und wälzte sich in ihren Kissen hin und her. Er fehlte ihr, noch nie hatte sie einen Mann so sehr gewollt wie ihn. Sie sah ihn vor sich wie er sie geliebt hatte so kraftvoll und doch so zärtlich, so energisch und dann wieder verträumt. Noch nie war sie so lustvoll gekommen und das war es was sie jetzt wollte. Claire wollte wieder so völlig losgelöst von allem abheben, seinen prächtigen Schwanz spüren wie er in sie gleitet, ganz langsam, damit sie seine Mächtigkeit aushalten kann. Die kräftigen Hände fühlen, wie sie ihre Brüste umspannten. Sie streifte sich Gedanken versunken ihren Pyjama ab und begann sich zärtlich zu berühren, zuerst den Hals dann die Brüste, ihre Nippel stellten sich sofort auf. Dann glitten ihre Hände immer tiefer, zuerst über ihre Rippen, dann über ihren Bauch. Claires schlanke Finger griffen nochmal nach dem Öl um damit ihre Spalte zu verwöhnen. Ihre Knospe war schon ganz heiß und ihr Schlitz glänzte vor Feuchtigkeit. Sie spannte sofort den Po an und hob das Becken, die Finger glitten immer wieder vom Hintereingang nach vorn, ab und zu tauchte ein Finger in ihre Tiefe. Sie lag da so wunderschön, so voller Begierde und sehnte sich nach ihrem geheimnisvollen Liebhaber. Ihre Finger streichelten immer intensiver, umkreisten ihre rosa Perle und klatschten auf ihren Venushügel. Aber sie konnte nicht zum Höhepunkt kommen.

Am nächsten Tag fuhr sie wieder in die Stadt, um in dem kleinen Laden das Kleid zu kaufen und vor allem hatte sie die Hoffnung ihn wiederzutreffen. Es war ein wundervoll sonniger Tag. Claires Rad fand den Weg fast von allein, nur noch einige Stufen trennten sie von ihrer Sehnsucht. Doch was war das? Das Geschäft hatte geschlossen und auch ihr Traumkleid hing nicht mehr im Schaufenster. An der Tür hing ein Schild auf dem stand: „Heute geschlossen! Muss dringend noch einige Dinge erledigen die keinen Aufschub dulden!" Wie erstarrt blickte sie auf das Schild, Wut und Traurigkeit machten sich in ihr breit. Wieder hatte sie das verloren was sie gerade erst gefunden und schon so lange vermisst hatte. „ Das ist ganz allein meine Schuld." flüsterte Claire und fuhr verzweifelt zurück zum Cottage. „Warum hab ich ihn einfach so stehen lassen ohne ihn darauf anzusprechen? Vielleicht war er es ja auch gar nicht, aber diese Stimme!?" Zweifel machten sich in ihr breit. Als sie am Cottage ankam war irgendwas anders als sonst.

Sie stellte das Rad an der alten Pumpe auf dem Hof ab und ging ins Cottage. In der Luft lag ein bekannter, herber Duft von Sandelholz und Moschus. Sofort fing ihr Schoss an zu pochen. Claire wurde fast schwindelig, sie war sich sicher, nicht allein zu sein, die Nackenhaare stellten sich auf bei dem Gedanken daran beobachtet zu werden. Schwankend ging sie zur Küchenbank um sich zu setzen. Auf dem Tisch lag ein Zettel, auf den ersten Blick erkannte sie, dass es die gleiche Schrift wie auf dem Ladenschild war. Es war ein edles handgeschöpftes Papier, beschrieben mit königsblauer Tinte, sehr stilvoll."Meine Schöne, ich erwarte Dich, in diesem wundervollem Kleid am Loch Ariness."Claire sah zum Bett hinüber und traute ihren Augen kaum, dort lag das sündhaft teure Abendkleid, aus roter Seide und wartete darauf über ihre Haut zu gleiten. Sie erschauerte bei dem Gedanken ihm in diesem aufregenden Kleid zu begegnen. In Windeseile zog sie sich ihre Bluse über den Kopf und ließ sie zu Boden gleiten, schlüpfte aus ihrem Rock und streifte ihre hochhackigen Schuhe von den Füssen. Das Höschen war schon etwas feucht, bei dem Gedanken an ihn. Schwungvoll hob sie das Kleid vom Bett und streifte es über ihr langes Haar und die Seide glitt wie ein sanfter Wasserfall über ihren Körper. Es fühlte sich so gut an und sah zu allem auch noch sehr bezaubernd aus. Beim gehen nahm sie noch einige Tropfen Rosenöl und benetzte damit ihr Dekolleté. Sie ging zur Tür und plötzlich hielt ihr jemand von hinten die

Augen zu und sagte, mit dieser warmen und unverkennbaren Stimme „Du siehst bezaubernd aus, ich habe dich die ganze Zeit beobachtet, auch gestern war ich hier, ich bin dir gefolgt."

„Gestern habe ich den Anblick genossen, als du dich gestreichelt hast, aber ohne mich keine Erfüllung finden konntest. Das hat mich so scharf gemacht, dass ich mir selber Erleichterung schaffen musste, deine Feuchte die an deinen Schenkeln herablief, hat mich fast um den Verstand gebracht. Ich wollte sehen, dass du mich willst und nur ich deine Leere füllen kann. Aber heute will ich nicht zuschauen sondern deine Brüste liebkosen und dich mit der Zunge verwöhnen."Claire war schon so bereit für ihn, das sie sich dicht an ihn drängte um seinen Duft zu riechen und seinen Körper zu spüren. Er streichelte ihren Hals und glitt immer tiefer, hob das Kleid bis über ihren Po und fuhr mit der Hand in ihre heiße Spalte, sie war bereits weit offen und triefte vor Gier. Claire stöhnte laut. An ihrer Hüfte spürte sie wie hart er bereits war, sie erschauerte.

„Ich habe mich noch gar nicht vorgestellt, mein Name ist

Duncen." Welch ein Name, dachte Claire, er passt genau so gut zu ihm wie sein Killt. Immer wieder sah sie Bilder und Szenen ihrer heißen Liebesnacht vor ihrem geistigen Auge. Wie hatte sie sich nach ihm gesehnt und nun war er so nah bei ihr. „Duncen, ich dachte ich sehe dich nie wieder." Er drückte sie fest an seinen gestählten Körper um sie ganz nah bei sich zu haben. „Claire ich war immer bei dir…." Das war ein unglaublich heißes Gefühl, Blut durchströmte ihren Körper wie im Fieber, sie hatte plötzlich ein ziehen im Bauch und ihre Lustperle schwoll an, alles kribbelte. Dieser Mann war alles was sie begehrte, er roch so unglaublich gut nach Sandelholz und einer Prise Moschus, was sie total anregte. Es gab nur noch eins und das war Duncen.

Er hob ihre Arme über ihren Kopf „Claire vertraust du mir?" „Ja, Duncen", hauchte sie. Dann zog er zwei kurze Seile aus seinem Killt und band jeweils einen Arm links und den anderen rechts an einen Deckenbalken. „Stell deine Beine auseinander!" Sie befolgte seine Anweisungen. „Ja so ist es gut…" raunte er in ihr Ohr. Er zog ihre Beine weit auseinander, ihr Anblick erinnerte an ein X. Duncen öffnete ihr das Kleid, so dass es ihre Brust frei gab. „Du siehst wundervoll aus, Clair", sie bekam eine Gänsehaut. Ihr Liebhaber hatte sie sehr überrascht aber was er mit ihr machte gefiel ihr sehr. Ihr Körper war ihm völlig ausgeliefert und sie fieberte dem entgegen was er nun mit ihr machen würde. Duncen verband ihr die Augen und flüsterte ihr ins Ohr „diese Nacht wirst du nie vergessen." Er flößte ihr etwas Angst ein, gleichzeitig bekam sie Lust auf mehr. Was würde mit ihr geschehen, die Spannung steigerte sich ins unerträgliche. Claire hörte wie er ein Streichholz anzündete und sie roch Kerzenwachs. Durch einen kleinen Spalt konnte sie flackerndes Licht erkennen. „Du bist so zart und feucht, ich kann deine Lust zwischen deinen Schenkeln glänzen sehen. Leise stöhnte er. Seine Hände strichen über ihren Rücken, dann befreite er seine Männlichkeit vom viel zu engem Stoff. Sofort klatschte sein Schaft gegen ihren Po und rieb sich an ihren prallen Backen. Er glühte. Immer stärker drängte er sich an sie. Auf einmal hörte sie etwas durch die Luft zischen, kurz darauf spürte sie einen ersten sanften Hieb auf ihren Schenkeln, weitere folgten in kurzen Abständen. Süßer Schmerz durchfuhr ihren Körper, ihr stöhnen wurde intensiver. „Sag dass es dir gefällt!" sagte Duncen. Ihr Stöhnen wurde kehliger und ohne zu zögern holte er erneut aus um ihr mit der Peitsche Lust zu bereiten. „Ja Duncen…stöhnte sie, hör nicht auf!" Diese Worte törnten ihn noch mehr an … Clair hörte den hellen Klang von Metall, da spürte sie auch schon wie er etwas Kaltes, Schweres an ihre Nippel klemmte. Die schweren Kugeln zogen an ihren Knospen und ließen sie noch mehr anschwellen. Dann nahm er eine Reitgerte und strich über ihren Rücken. Mit einer Hand schlug er zärtlich gegen ihre Brust und brachte so die schweren Pendel in Bewegung, Clair verzog lustvoll das Gesicht. Dann begann sie, sich in den Seilen rhythmisch zu bewegen, so dass die Kugeln an ihren Nippeln zu klingen begannen. Duncan war inzwischen so heiß geworden, das er sich fast nicht mehr beherrschen konnte. „Lass dich gehen, Claire" sagte Duncen, umschlang ihre Hüften und sank hinter ihr auf die Knie um von ihr zu kosten. „Du riechst so gut…ich will dass du allein mir gehörst!" „Ja das tue ich, hör nicht auf mich zu lecken…"Um sich unter Kontrolle zu halten nahm er sich ein schmales Lederband, welches er sonst als Handgelenkschoner trug und zog es fest um seine

Peniswurzel und die Hoden. Der Druck des Bandes ließ seinen Schwanz noch stärker anschwellen und verhinderte ein vorzeitiges abspritzen. Claire flehte: „Duncen gibt's mir mit der Peitsche" und mit jedem Hieb steigerte sich ihre Lust. Seine Eichel war schon zum bersten mit Blut gefüllt und die Lederriemen schnürten sich ins Fleisch. Bis er es endlich nicht mehr aushielt und seinen Schwanz in ihre glitschige Spalte stieß. Sie wollte ihn so tief wie möglich in sich haben um seinen dicken, eingeschnürten Schaft in ihrer Lustspalte zu spüren. Ganz langsam glitt er in ihr vor und zurück, ihr stöhnen wurde bei jeder Bewegung lauter. Seine Hände spielten mit ihrer Perle und trieben Claire an den Abgrund des Wahnsinns. „Hör nicht auf!" schrie sie ihn an… „Ich komme gleich!" Er erhöhte sein Tempo und rieb sie mit einer noch höheren Intensität als zuvor. Als Duncen spürte das sich ihre inneren Muskeln um seinen Schwanz verkrampften, löste er den Lederriemen und verschoss seinen heißen Samen, mit einem gellenden Schrei in Claire. Sie keuchte und rang nach Luft, ihr ganzer Körper zuckte, doch Duncen hörte nicht auf sie zu reiben, bis auch sie völlig schlaff in den Seilen hing.